LE
BON D'HUGUES

OU

UN PROFESSEUR-JOURNALISTE

SATIRE

PAR M. A. DE ···

SECONDE ÉDITION REFONDUE ET AUGMENTÉE

Prix 25 centimes.

TOULOUSE

IMPRIMERIE DE CAILLOL ET BAYLAC

Rue de la Pomme, N° 34

1868

LE
BON D'HUGUES

OU

UN PROFESSEUR-JOURNALISTE

SATIRE

PAR M. A. DE ···

SECONDE ÉDITION REFONDUE ET AUGMENTÉE

Prix 25 centimes.

TOULOUSE

IMPRIMERIE DE CAILLOL ET BAYLAC

Rue de la Pomme, N° 34

1868

A M. GUSTAVE D'HUGUES

Professeur de Littérature étrangère

———◦◦◦———

Alma parens aluit simili nos ubere quondam,
* Componens animos artibus ingenuis,*
Nunc, veteris socii vellem non esse peremptor,
* Mittendo telum carminis innocui.*

A. DE ···

« *J'ai détaché ces premières lettres, pour essayer le*
» *goût du public : j'en ai un grand nombre d'autres*
» *dans mon portefeuille, que je pourrai lui donner*
» *dans la suite.*

» *Mais c'est à condition que je ne serai pas connu :*
» *car, si l'on vient à savoir mon nom, dès ce moment*
» *je me tais. Je connais une femme qui marche assez*
» *bien, mais qui boite dès qu'on la regarde. C'est assez*
» *des défauts de l'ouvrage, sans que je présente à la*
» *critique ceux de ma personne. Si l'on savait qui je*
» *suis, on dirait : son livre jure avec son caractère ;*
» *il devrait employer son temps à quelque chose de*
» *mieux ; cela n'est pas digne d'un homme grave. Les*
» *critiques ne manquent jamais ces sortes de ré-*
» *flexions, parce qu'on les peut faire sans essayer*
» *beaucoup son esprit.*

» Montesquieu. »

(Introduction aux *Lettres persanes.*)

PROFESSEUR JOURNALISTE

Il existe, à Toulouse, un jeune professeur,
D'un journal trop connu prodigue fournisseur,
Qui, poussé nuit et jour par le besoin d'écrire,
En fatiguant les yeux, provoque la satire.
Sans le voir dans la ville on ne peut faire un pas.
Son nom ?... On le connaît, je ne le dirai pas.
D'ailleurs, il en a tant que j'aurais trop à faire :
Il me faudrait, au moins, cent vers pour cette affaire.
Qu'en penses-tu, Lebon, toi qu'on voit humblement
Signer de longs factums écrits si lourdement ?
Toi qui des faits divers éditeur responsable,
Critique théâtral, sévère, ou trop aimable,
Sais, par des mots piquants ou des traits louangeurs,
Tantôt blesser, tantôt prodiguer tes faveurs ?

Qu'en dis-tu, Varembey, toi qui, nouvel Achille,
Boudes à ton journal et boudes à ta ville,
En attendant qu'un jour un bon ultimatum
Nous fasse déguerpir monsieur le factotum ?
Qu'en dit François Lebrun, courriériste sous cape,
Aujourd'hui chroniqueur, et hier dragon du pape,
Qui, dans son feuilleton, par d'imprudents brocards,
A naguère en émoi mis le *Cercle des Arts ?*

Je n'irai point parler des choses oubliées ;
On les a, dans le temps, bien assez publiées.
Je ne serais d'ailleurs qu'un méchant radoteur
Si je les reprochais encore à leur auteur.
C'est un triste plaisir que celui de médire.
Telle n'est pas la fin d'une noble satire.
Et, si je viens parler, c'est en homme loyal,
Non point pour ébruiter, mais pour guérir le mal.

Je veux, lâchant la bride à mon impatience,
Essayer d'imposer un trop juste silence
A l'écrivain diffus, au Thersite assommant,
Qui de répit jamais ne nous laisse un moment.
Qui, serviteur zélé, pour se faire connaître,
Couvre en l'applaudissant la parole du maître.
Qui, toujours désireux de flatter le pouvoir,
Sous son nez tout puissant agite un encensoir
Dans lequel, chaque jour, sa main obséquieuse
Brûle l'encens épais de sa prose ennuyeuse.

Si, ménageant sa verve, il savait en parlant
Ne pas trop surmener son modeste talent ;
Et, sans viser plus haut qu'il ne saurait atteindre,
S'il restait à son rang, je n'irais point me plaindre !
Mais le voir, chaque jour, sur le seuil d'un journal,
Hâbler avec l'aplomb d'un Méridional ;

Croire qu'il peut traiter les sujets qu'il ignore,
En se servant *ad hoc* d'une encre tricolore ;
Sans que l'on crie haro ! sans qu'un contradicteur
Ne donne la réplique à ce plat rédacteur ;
C'en est trop ! et l'on doit à des âmes si vaines
Rappeler le néant des vanités humaines.

Du roi Clovis chacun sait la conversion,
Et je n'en ferai point une autre version.
Il suffit de conter que, mon héros en chambre,
Mon jeune professeur, comme le fier Sicambre,
D'un sort trop rigoureux las de subir l'affront,
A courbé son orgueil en inclinant son front ;
Et, que depuis, brisant les saintes auréoles
Dont sa main couronnait ses anciennes idoles,
On le voit adorer les dieux qu'il maudissait
Et renier le nom de ceux qu'il encensait.
Quelques ans seulement d'une obscure existence
Ont suffi pour dompter sa trop faible constance,
Et, las de végéter dans d'infimes emplois,
De l'aveugle Destin voulant fléchir les lois,
On l'a vu dédaigner sa chaire de cinquième,
Et laisser de côté la grammaire et le thème,
Pour mettre sa fortune à l'abri du hasard,
En célébrant le nom des aïeux de César.

Vit-on jamais de foi plus sincère et plus pure ?
L'intérêt la fit naître et le succès l'épure !

Peut-être on me dira que je suis sans pitié,
Et que j'obéis trop à mon inimitié.
Mais pourquoi mon héros est-il assez peu sage
Pour vouloir en public jouer au personnage,
S'improviser tribun, et venir molester
Les amis d'autrefois qu'il devrait respecter ?

Si, dans ce zèle outré jusques à l'hyperbole,
L'amour âpre du gain ne jouait aucun rôle ;
Si l'on ne payait pas en beaux écus sonnants
De notre professeur les factums étonnants ;
Et, si par le passé de ce grand politique
On ne voyait à nu le jeu de sa tactique,
M'inclinant humblement devant la vérité,
Je rendrais mon hommage à sa sincérité.
Mais ce n'est pas pour rien que sa verve étincèle,
Car il sait escompter son ardeur et son zèle,
Et s'il veille au salut de l'Empire et des lois,
Il a droit sur la caisse à cent écus par mois !

Auri sacra fames! les hommes sont en baisse !
Et l'on fait moins de cas de nos héros de presse.
Il y a * quelques jours, on les payait plus cher.
Mais je les crois encor bien au-dessus du pair.
Du nouvel écrivain la trop féconde plume
Coûte, en somme, au journal bien moins que de coutume ;
Billequin, m'a-t-on dit, recevait sept cent francs
Chaque mois, terme échu, bien quittes et bien francs.
Mais notre professeur, qui connaît son Horace,
Sachant aimer l'argent sans paraître rapace,
N'a voulu que dorer ses loisirs et sa paix
En devenant ainsi rédacteur au rabais.

* *Il y a!* Je crains fort qu'un pédant rigoriste,
Pour se donner bon air, et trancher du puriste,
Despréaux à la main, ne veuille *mordicus*
Me voir, bien et dûment, convaincu d'*hiatus*.
— Réfléchissez, Monsieur, que l'on dit Henriade,
Messiade, Iliade, Omniade, Dryade,
Et n'allez pas me faire un stupide procès,
Au nom des vieilles lois du Parnasse français.

Gardez-vous d'embrasser la carrière publique,
O vous qui n'avez pas une foi politique,
Car on n'écoute point les ineptes conseils
D'un aveugle qui veut conduire ses pareils.
Redoutez les effets de votre imprévoyance.
Du marin qui s'embarque imitez la prudence,
Et comme sans boussole il n'oserait voguer,
Ni vers les ports lointains sans elle naviguer,
De même n'allez pas, sans une foi solide,
Affronter les dangers d'une lutte perfide ;
De peur qu'à votre insu, cette témérité
Ne vous coûte le prix de votre dignité.

Mon héros le sait bien, et, pour être sans crainte,
Du pavillon d'autrui, par une habile feinte,
Il tâche de couvrir ses imprudents écrits.
Mais il s'efforce en vain de tromper les esprits,
Car le public malin voit sous la couverture,
Et sait nommer l'auteur malgré la signature.

C'est un plaisir de voir et la morgue et le ton
De ce nouveau Bertrand se jouant de Raton.
Rien ne lui coûte en fait de commodes prouesses.
C'est le chat qui paiera s'il fait des maladresses.
Pour lui se réservant tout le revenant-bon,
Il compte les ennuis à l'actif de Lebon.

De notre professeur la folle hardiesse.
Lors des derniers procès intentés à la presse,
Contre les prévenus n'aurait point éclaté,
S'il n'avait cru pouvoir le faire en sûreté.
Mais ne redoutant pas de justes représailles,
Et brûlant de gagner de faciles batailles,
Sous un masque, on l'a vu fouailler les journaux
Qu'avait, sans se cacher, condamnés Delesvaux.

Exerce sans pitié ta verve de commande
Sur les plaintes de ceux qui vont payer l'amende !
Raille, sans te gêner, ces ennemis vaincus,
Et ris en les voyant apporter leurs écus.
Il est doux, lorsqu'on est à l'abri du naufrage,
De voir les malheureux ballotés par l'orage ;
Car on sent tout le prix de la sécurité
Alors qu'on voit du port l'océan irrité.
Tu ne cours aucun risque, as-tu besoin de plaindre
Ceux que frappe un malheur qui ne saurait t'atteindre ?
On ne voit que les fous s'en prendre à l'absolu.
Messieurs les condamnés, crois-moi, l'ont bien voulu.
Ils perdent mille francs ! Mille francs ! quelle fête !
Comme tu dois jouir d'une telle défaite !
Toi qu'on verrait demain en appeler aux lois,
Si l'on rognait d'un franc tes cent écus par mois.
Que dans *le Messager* d'une telle victoire
Ta plume, en se jouant, consacre la mémoire.
Mais aux yeux du public n'en va pas convenir.
Notre siècle est changeant, ménage l'avenir.
Prends le nom de sosie, et s'il voulait se plaindre,
Rappelle-lui, tout bas, que Mercure est à craindre,
Car il n'ignore pas que dans ce froid hiver
La vie est difficile, et le pain est bien cher.

Quittons le *Messager* ainsi que ses arcanes.
Nous avons trop parlé de querelles profanes.
De notre publiciste, en parcourant les cieux,
Essayons un moment de découvrir les dieux.

Eh quoi ! me dira-t-on, n'avez-vous point de honte ?
De sa religion personne ne doit compte,
Et chacun, à son gré, peut laisser ignorer
Le nom sacré des dieux qu'il lui plaît d'adorer.

— Tout doux ! j'en suis d'accord, avec vous je déteste
Des vils inquisiteurs la cabale funeste,
Et mon âme, inflexible en sa juste fierté,
Veut la religion avec la liberté.
Aussi n'irais-je point, sans légitime cause,
M'affranchir des devoirs que l'honneur nous impose :
Et de conduite, ici, je n'oserais changer,
S'il ne me restait point une attaque à venger.

Quand Paul de Rémusat de l'urne électorale,
Malgré l'espoir fondé d'une force rivale,
Espérait émerger conseiller général,
Grâce au concours certain du parti libéral :
Qui donc vint, à propos de sa candidature,
Parler religion au lieu d'agriculture ?
Qui vint dénaturer ce modeste débat ?
Sur un terrain brûlant qui porta le combat ?
— Maladroit professeur, par ta sotte apostrophe,
Tu lui reprochas d'être impie et philosophe.
A ton tour maintenant : de grâce, réponds-moi,
Aux pieds de quels autels vas-tu porter ta foi ?

Désireux au Seigneur de témoigner mon zèle,
Je suis des temples saints un visiteur fidèle.
Demeurant près de toi, j'ai, pour comble d'honneur,
Et la même paroisse et le même pasteur.
Je ne t'ai jamais vu, plongé dans la prière,
T'acquitter des devoirs d'un catholique austère,
Et ma main, chaque jour, ô pieux gazetier !
En vain cherche la tienne auprès du bénitier.
Jamais je ne t'ai vu, repentant de tes fautes,
A genoux à côté de ferventes dévotes,
Pour te purifier au divin tribunal,
Assiéger en silence un confessional.

Bien plus, manquant aux lois par nous tous observées,
Tu n'entends pas la messe, aux fêtes réservées !
De ton impiété si mon lecteur doutait,
En dépit du pathos de monsieur Guilloutet,
Jusque dans ton foyer, j'en trouverais la preuve.
Mais dois-je te soumettre encore à cette épreuve ?
D'une bouche indiscrète empruntant le secours,
Dois-je ici de Martine évoquer les discours ?
Faut-il dire au public que, sans te mettre en peine
Du jeûne que prescrit la sainte quarantaine,
Tu vis comme un payen, et que tu ne crains pas
De faire aux yeux des tiens de scandaleux repas !...
Je puis, même en dehors du foyer domestique,
Montrer de ton esprit l'impiété sceptique.
N'as-tu pas, dans le temps, sur un ton fraternel,
Célébré les vertus du grand Machiavel ?
Tu le lui devais bien ! il fallait reconnaître
Les excellents conseils de cet habile maître !...
Mais quelle dette encor te restait à payer,
Pour venir, un beau jour, dans ta chaire, essayer
De réhabiliter, malgré son vil chantage,
Et les débordements de son dévergondage,
Ce poète éhonté, cet homme libertin
Dont rougit la Toscane, et qu'on nomme Arétin ?
Sans doute, tu n'as pris le soin de sa défense
Que par bonté de cœur et par reconnaissance.
Entre nous, tu peux bien l'avouer sans façons :
N'avais-tu pas chez lui puisé quelques leçons ?
Qui donc, autre que lui, t'enseigna la manière
De savoir à propos retourner ta bannière ?
Lui qui, de son vivant, toujours astucieux
Etait un jour impie, un jour dévotieux,
Chantant, au gré de ceux qui lui donnaient pâture,
Tantôt les saints de Dieu, tantôt la gravelure,

De grâce, à mon esprit dans l'indécision
Dévoile le *Credo* de ta religion.

 On dit que, volontiers, ton épicuréisme,
Rétablissant l'Olympe et l'ancien paganisme,
Verrait avec plaisir le joyeux Silénus
Relever ses autels près de ceux de Vénus.
Pourquoi donc regretter ces riantes images?
Ce culte n'est pas mort. Les prêtresses volages
De la belle déesse habitent parmi nous.
Des mortels de tout âge embrassent leurs genoux.
Comme eux, ne peux-tu pas, le soir, dans nos théâtres,
Leur adresser, tout bas, tes serments idolâtres;
Et laisser de côté l'épreuve du journal
Pour leur faire ta cour avec un madrigal?
Mais je ne te crois point de ce frivole culte
Un ardent zélateur. Ce serait faire insulte
Au bon sens, à ton âge, à ta solidité.
En vain, exagérant un peu de vérité,
Mon vers te prêterait cette foi poétique;
On sait, qu'en digne fils de ce siècle pratique,
Tu révères des dieux plus terrestres encor,
Et brûles ton encens à l'autel du veau d'or.

C'est bien à toi vraiment de prêcher la croisade,
Et, contre Rémusat, d'oser faire parade
De sentiments, auxquels ton cœur ne crut jamais.
Et dont l'ambition fit seule tous les frais?
Comment veux-tu remplir de mission publique,
Sans foi religieuse et sans foi politique?
Ne va pas manier les armes du soldat,
Le ciel ne t'a point fait pour braver le combat;
Car des mâles vertus jamais la pure flamme
En la fortifiant n'a réchauffé ton âme,
Et je ne vois en toi que la mobilité,

Trahissant, à mes yeux, ta médiocrité.
Au lieu de faire ainsi métier de girouette,
Ne vaudrait-il pas mieux de l'épais Dom Vaissette
Mener à bonne fin le récit incomplet ?
Pour un pareil travail te sens-tu déjà prêt ?
Aurais-tu par hasard la vanité de croire
Pouvoir, de prime saut, achever cette histoire ?
Sais-tu bien où tu cours, jeune présomptueux ?
De Du Mège as-tu lu le fatras tortueux ? (1)
Tout te semble à présent facile en perspective,
Mais je t'attends au jour d'entrer dans une archive ;
Par un travail aride, au début dégoûté,
Je te vois, dans ta course, avant peu dérouté.
Je te vois, en dépit de ton outrecuidance,
Devant un tel labeur trahir ton impuissance ;
Heureux si tu n'as point, pseudo-bénédictin,
Ruiné ton éditeur, en perdant ton latin.
Laisse le *Messager* parcourir sa carrière.
Il en est temps encor, fais un pas en arrière.
Retourne vers ces biens, dont une folle ardeur
T'a fait trop dédaigner le prix et la grandeur,

(1) M. d'Hugues doit contribuer, pour une grande part, à la re-
fonte et à l'achèvement de l'*Histoire du Languedoc*, commencée par
les Bénédictins et complétée par M. Du Mège. Cette histoire, ou
plutôt ce dédale, se compose : d'un texte primitif accompagné de
notes, de preuves et d'additions ; enfin, d'un texte complémentaire,
également suivi de notes, de preuves et additions, se contredisant
et s'obscurcissant les unes les autres, pour le plus grand désespoir
des lecteurs. Or, il ne s'agit pas seulement de mettre en ordre ces
nombreux matériaux, il faut combler encore certaines lacunes et
vérifier certaines assertions, car, M. d'Hugues ne doit pas l'ignorer, tout ce qui a été avancé par M. Du Mège ne saurait être pris
pour de l'argent comptant. On n'est pas de la Société Archéologi-
que pour rien !

Vers ces lettres, un jour, par toi répudiées,
Et par ambition trop longtemps oubliées ;
Vers ces lettres pour nous prodigues de bienfaits,
Qui, pour un peu d'amour, nous assurent la paix,
Et qui de notre hiver, en compagnes fidèles,
Réchauffent la froideur sous leurs divines ailes.
Si tu veux être heureux, tu dois, comme autrefois,
Leur consacrer tes jours, ton travail et ta voix,
Et racheter ainsi, dans l'ombre de l'étude,
Ton orgueil téméraire et ton ingratitude.

FIN.

Toulouse — Imp. CAILLOL et BAYLAC, rue de la Pomme, 34.

POUR PARAITRE PROCHAINEMENT

SATIRES DU MÊME AUTEUR

LE MATASSIN PARVENU

MM. LES MAINTENEURS

LE 41me FAUTEUIL

A

L'ACADÉMIE des JEUX-FLORAUX

ou

Les Petits Grands Hommes toulousains